Die Tränen der Wandertaube

AF139801

Die Tränen der Wandertaube

Wandertaube

Stephan Doeve

Text Copyright © 2015 Stephan Doeve

Alle Rechte vorbehalten

Herstellung und Verlag:
BoD - Books on Demand, Norderstedt
ISBN 978-3-7392-1768-0

Inhaltsverzeichnis

Kapitel 1 – Die Gedanken der Wandertaube

Der warme Sommertag neigte sich dem Ende zu und der Sonnenuntergang stand kurz bevor. In diesem großen Mischwald stellten sich die Tiere, sofern sie nicht nachtaktiv waren, auf die kommende Nacht ein. Während sich die Tiere, welche tagsüber aktiv gewesen waren, ein sicheres Nachtlager vor ihren Fressfeinden suchten, hofften die nachtaktiven Tiere auf Beute. Auf dem Waldboden war bald ein reges Treiben zu beobachten. Verlassene Erdhöhlen, alte umgefallene Baumstämme und natürliche Höhlen unter mächtigen Baumwurzeln waren schnell mit kleinen Tieren besetzt, die alle hofften, diese Nacht wieder mal lebend zu überstehen.

Dieser Wald schien jedoch eine seltsame Aura auszustrahlen, als ob er ein Geheimnis verbergen würde, das er nur ungern preisgeben möchte. Und er hütete seit fast 150 Jahren ein sehr großes Geheimnis, welches bisher nicht entdeckt worden war. Doch leider sollte er es schon bald preisgeben müssen.

Denn die Geheimnisse in der Natur waren schon immer von den Menschen entdeckt worden und das hatte bisher selten etwas Gutes bewirkt gehabt. Meistens hatte es die Zerstörung des Geheimnisses zur Folge gehabt, was der Mensch dann später sehr bereut hatte. Aber rückgängig machen hatte er dies dann auch nicht mehr können, denn was der Mensch in der Natur zerstört hatte, das hatte er gründlich gemacht. Er hatte es bisher in der Vergangenheit immer so gründlich gemacht, dass oft nicht einmal mehr die Erinnerung an das geblieben war, was er vernichtet hatte.

Vor dem Hintergrund der untergehenden Sonne flog ein sehr kleiner Schwarm von großen schlanken Tauben vorbei und die Tiere verteilten sich auf den mächtigen gebogenen Ästen einer alten Eiche. Majestätisch wirkten ihre Landungen, als ob sie sich für die Gebieter dieses Waldes halten würden. Laut waren ihre Stimmen und sie hallten durch den ganzen Wald. Es dauerte eine ganze Weile, bis ihr Geschrei abgeklungen war und wieder Ruhe im Wald einkehrte.

Doch diese Tauben scheinen von ihrem Aussehen her gar nicht in ihre Umgebung zu passen. Überhaupt sehen sie gar nicht so aus, wie man sie sonst kennt. Auf dem ersten Blick hätte man sie für ganz normale Tauben halten können. Aber wer sich die Mühe macht genauer hinzusehen, der kann bei diesen Tauben äußerliche Merkmale entdecken, die bei keiner anderen Gattung zu sehen sind.

Aber wer, außer einem Ornithologen, kann dreihundert existierende Arten und zweiundvierzig Gattungen dieser Tierart vom Aussehen her auseinanderhalten? Außerdem wird keiner glauben, dass man diese Taubenart noch lebend zu Gesicht zu bekommen kann, denn sie sind etwas ganz Besonderes.

Bei einer männlichen Taube ist die Unterseite von der Kehle bis zur Bauchmitte orange bis weinrot gefärbt. Die Iris im Auge ist ganz rot. Auch die gesamte Körperform ist seltsam für eine europäische Taube. Von der durchschnittlichen Körperlänge die etwa 41 Zentimeter beträgt machen alleine zwei Drittel die Schwanzfedern aus. Diese sind nach hinten hin keilförmig zugespitzt und 20 Zentimeter lang. Die Schulterfedern und die Oberflügeldecken sind mit dunklen Flecken besprengt, die bei jedem Tier anders aussehen. Auch die Flügel sind sonderbar, denn sie sind von karminroter Farbe. Die Weibchen ähneln dem Männchen, jedoch sind sie matter gefärbt und die Iris ist braun.

Nachdem Ruhe in die fremdartige Taubenkolonie eingekehrt war, flog eine der seltsam aussehenden Tauben auf einen Ast, wo sie für sich alleine war.

Der bläulich gefärbte Kopf des Männchens mit den lebhaft roten Augen blickte wehmütig in die untergehende Sonne, als ob es fühlen würde, dass bald irgendwas Schlimmes passieren wird.

Um diese Taubenart zu bestimmen, brauchen wir erst gar nicht in einem Buch für Vogelkunde nachzuschlagen, ja nicht einmal in einem Fachbuch über Tauben werden wir diese Tiere finden. Da es diese Taubenart eigentlich nicht mehr hätte geben dürfen, kann man sie nur noch in Geschichtsbüchern abgebildet zu finden.

Die Tauben, die in diesem Wald leben, suchen Schutz vor den Menschen, denn es sind Wandertauben. Und diese Taubenart wurde in Amerika im 19. Jahrhundert vom Menschen gänzlich ausgerottet. Alle rund fünf Milliarden Wandertauben waren innerhalb weniger Jahrzehnte vollständig vernichtet worden.

Doch warum findet man plötzlich diese Taubenart hier in einem Wald in Deutschland?

Ich schlage vor, dass wir bevor wir weiter darüber spekulieren, die bereits erwähnte männliche Wandertaube selbst zu Wort kommen lassen.

Denn wer könnte besser darauf Antwort geben als sie selber?

„Gnadenlos und unbarmherzig hatten uns die Menschen wegen unseres Fleisches verfolgt.

Nirgendwo waren wir Wandertauben vor diesen mordenden Bestien sicher gewesen und ihre Gewehre, Knüppel und Schrotflinten hatten blutige Ernte unter uns gehalten.

Es hatte keine Möglichkeiten gegeben ihnen zu entkommen und Zehntausende von uns waren an einem einzigen Tag getötet worden. Egal wo wir auch hingekommen waren, waren schon Hunderte von Menschen zur Stelle gewesen, die nur ein Ziel gehabt hatten; uns alle zu töten.

In den Büchern der Menschen steht, dass am 1. September 1914 die letzte Taube unserer Art in einem Zoo in Cincinnati gestorben sein soll.

Doch war sie wirklich die letzte unserer Art auf der Erde gewesen?

Im Jahre 1849 hatte sich eine von Taube von unserer Art von Amerika bis nach Irland verflogen. Doch sie war nicht die Einzige von uns gewesen, die sich über den Atlantischen Ozean nach Europa verirrt hatte.

Denn nicht alle von uns, die nach Europa geflogen waren, waren auch von den Menschen entdeckt worden. Nachdem wir uns vom Flug über den Atlantik erholt gehabt hatten, waren wir weiter nach Westen geflogen auf das europäische Festland und haben uns dort in kleine Kolonien verteilt.

Aber hatten sich die meisten unserer Artgenossen wirklich nur verflogen, oder hatten sie geahnt, welches Schicksal ihnen durch die Menschen bevorstand? Waren sie bewusst von Amerika nach Europa geflüchtet?

Heute leben wir in kleinen Kolonien in den Wäldern von Großbritannien, Deutschland, Frankreich und den Niederlanden.

Wegen der Ereignisse in Amerika ziehen wir es vor uns versteckt zu halten und unsere Nester so gut es geht vor den Augen der Menschen zu verbergen. Wir vermeiden es auch in ganzen Schwärmen auszufliegen, oder uns in den Städten zu zeigen. Einige von uns waren einmal ganz mutig gewesen und waren mitten in der Stadt, in Fußgängerzonen, Bushaltestellen oder auf öffentlichen Plätzen gelandet.

Aber es war nichts passiert.

Wir waren nicht erkannt worden, ja nicht einmal angesehen hatten uns die Menschen. Selbst die anderen Tauben waren von ihnen mit keinem Blick gewürdigt worden. Diese Menschen nennen sie sogar „Ratten mit Flügeln", wie ich gehört habe. Das klingt ja nicht gerade schmeichelhaft.

Doch würden die Menschen eine Taube meiner Art überhaupt erkennen, wenn eine vor ihren Füßen vorbei laufen würde? Ich glaube nicht einmal, dass man uns in Amerika wiedererkennen würde. Denn wir gelten dort als unwiederbringlich ausgestorben, oder besser gesagt als ausgerottet.

Bei uns Wandertauben findet nur eine Jahresbrut im April statt, mit auch nur einem einzigen Ei. Den Winter verbringen wir im Süden Frankreichs. Weil wir ja keine größeren Schwärme mehr sind, sondern nur noch kleine Gruppen, fallen wir dort nicht besonders auf und werden auch zum Glück nicht beachtet.

Wir haben uns der neuen Situation angepasst und jede Brutkolonie bleibt von Generation zu Generation zusammen. Denn nur so kann der Rest unserer Art gesichert werden.

Vor fast 150 Jahren hatten wir noch in einem Schwarm von bis zu zwei Milliarden Wandertauben den Himmel Amerikas verdunkelt. Heute sind wir nur noch wenige Hundert in ganz Westeuropa, das unsere neue Heimat geworden ist.

Ich wünsche mir, dass die Menschen auch weiterhin glauben, dass wir ausgestorben sind."

Kapitel 2 – Im Wald der Wandertauben

Nachdem wir unsere Fahrräder am Waldrand abgestellt hatten, hatte meine Freundin Tanja spöttisch gefragt: „Und du bist dir ganz sicher hier im Wald eine Wandertaube gesehen zu haben?" „Ja, da bin ich mir fast sicher", hatte ich mit fester Stimme entgegnet.

Tanja hatte tief Luft geholt und mir dann den gleichen Text aufgesagt, den ich mir auf der ganzen Fahrt bis hierher schon mehrere Male hatte anhören müssen: "Also mein lieber Felix, Wandertauben kannst du heutzutage nur in Museen für Naturkunde sehen. Dort stehen sie schön ausgestopft in einer Glasvitrine. Ich bezahle dir auch gerne den Eintritt."

„Ich habe mich lange genug mit dieser Taubenart beschäftigt, sodass ich wohl eine Wandertaube von einer Feld - oder Haustaube unterscheiden kann, meine allerliebste Tanja", hatte ich zur Antwort gegeben.

Wir hatten uns am Anfang eines großen Waldgebietes befunden, das ein beliebtes Ausflugsziel und Wandergebiet ist. In diesem großen Waldgebiet mit vielen Lichtungen, durch das auch ein kleiner Bach fließt, hatte ich vor einigen Tagen Tauben entdeckt, welche große Ähnlichkeiten mit den ausgestorbenen amerikanischen Wandertauben gehabt hatten. Leider war die Begegnung zu kurz gewesen, um ein Foto von den Tieren machen zu können.

Dieser Wald ist zwar für Wanderer und Radfahrer zugänglich, es wird aber auf Schildern darum gebeten auf den angelegten Wegen zu bleiben. Denn außerhalb von den Pfaden soll alles der Natur überlassen bleiben. Darum wird dieser Wald auch nicht bewirtschaftet.

„Und, was ist nun, kommst du mit oder bleibst du hier und wartest auf mich?", hatte ich Tanja gefragt.

Sie hatte sich auf eine Holzbank gesetzt und belustigt gesagt: „Nein danke, ich werde lieber auf dich warten und hoffe, dass hier ein Mammut vorbei kommen wird. Das werde ich dann fotografieren und damit weltberühmt werden. Ich sehe mich schon in Talkshows sitzen als Entdeckerin des angeblich ausgestorbenen Mammuts."

„Ja, mache dich ruhig lustig über mich und spiele hier schön mit deinem Smartphone rum", hatte ich gesagt und mich dann in den Wald begeben. Wobei ich diesmal vorsorglich mein Smartphone griffbereit in der Hand genommen hatte. Denn beim letzten Mal hatte ich es erst aus meiner engen Hosentasche und dann aus der Schutztasche heraus kramen müssen. Als ich dann die Kamerafunktion aufgerufen gehabt hatte, waren die Tauben weggeflogen gewesen und das sollte mir dieses Mal nicht noch einmal passieren.

Ich hatte natürlich vorher recherchiert und erfahren, dass im 19. Jahrhundert einige dieser Tauben nach Europa gekommen waren. Aber es wird schon eine größere Anzahl an Tieren gewesen sein müssen, denn sonst hätten sie sich hier nicht so vermehren können. Jedenfalls nicht in einem so kurzem Zeitraum , weil diese Taubenart, wie ich gelesen hatte, jedes Jahr nur ein einziges Ei legt und ausbrütet.

Wer sich nicht literarisch mit Wandertauben beschäftigt hat, der wird sie nicht von anderen Tauben unterscheiden können, denn dafür gibt es zu viele Arten und Gattungen.

Nur was werde ich machen, wenn diese Tauben, die ich vor einigen Tagen gesehen hatte, wirklich Wandertauben sein sollten? Soll ich dies dann der Öffentlichkeit bekannt machen und die Tiere damit der Gefahr aussetzen erneut gejagt zu werden? Damit würde sich die Geschichte der Wandertaube wiederholen und über die

Auswirkungen möchte ich nicht weiter nachdenken.

Ich hatte schon in Gedanken Jäger mit ihren Gewehren durch den Wald gehen sehen, welche jede Wandertaube abgeschossen haben. Und wenn erst die Amerikaner davon erfahren würden, dann würden sie ihre Geschichtsbücher umschreiben müssen. Aber das wäre noch das Harmloseste, was den Tieren passieren könnte.

Denn in Amerika war diese Taubenart damals ja hauptsächlich wegen ihres Fleisches gejagt worden. Denn wegen ihres unverwechselbaren Aussehens hatten sie sich leicht von den anderen Tauben unterscheiden lassen. Die Wandertaube sieht ähnlich aus wie die Carolinataube, jedoch ist sie größer, bunter und langschwänziger.

Zu Hause habe ich mir stundenlang die alten Zeichnungen und Fotografien von den ausgestopften Wandertauben in den Museen angesehen. Jedes kleinste Detail habe ich mir eingeprägt, mit dem Ziel eine Wandertaube der beiden Geschlechter auf dem ersten Blick erkennen zu können.

Aber in der Praxis sieht, dass natürlich anders aus, denn dann ist, man erst einmal so perplex, dass man keinen klaren Gedanken fassen kann.

Ich war so sehr mit diesen Gedanken beschäftigt gewesen, dass ich nur ab und zu nach den verdächtigen Tauben Ausschau gehalten hatte. Darum hatte ich dem Vogel, der nur etwa zwei Meter vor mir auf dem Boden gelandet war, zuerst keine Beachtung geschenkt. Doch plötzlich hatte mein Blick wie versteinert auf den Vogel verharrt. Wie auf Knopfdruck hatte ich das Bild einer Wandertaube aus meinen Zeichnungen und Fotografien vor meinen Augen gehabt. Dann hatte ich dieses Bild gedanklich wie eine Schablone auf den Vogel vor meinen Füßen gelegt und festgestellt, dass jedes äußerliche Merkmal dieser Taubenart mit dieser großen Taube übereingestimmt hatte. Der unverwechselbare länglich zugespitzte Schwanz, die rötliche Farbe im Brustbereich, die schwarzen Flecken auf den blauen Flügeln und Schultern. Weil die Iris dieser mutmaßlichen Wandertaube lebhaft rot gewesen war, musste es ein Männchen gewesen sein, denn die des Weibchens wäre braun gewesen.

Die Taube hatte mich angesehen, als hatte sie mir sagen wollen ich solle so tun, als ob ich sie nicht als Wandertaube erkannt hätte.

Ich hatte mir gedacht, dass ich mir an ihrer Stelle dasselbe wünschen würde.

In meiner Aufregung hatte ich ganz vergessen, dass ich ja mein Smartphone in der Hand gehalten hatte und als mir dies wieder bewusst geworden war, war die Taube schon davongeflogen gewesen. Deshalb hatte ich innerlich geflucht, weil mir erneut kein Foto gelungen war.

Wie lange ich noch mitten auf dem Waldweg gestanden hatte, wusste ich nicht. Auch die Wanderer, die an mir vorbeigegangen waren und mich verwundert angesehen und sich gefragt hatten, warum ich denn da wie angewurzelt gestanden hatte, hatte ich schemenhaft wahrgenommen.

Doch dann hatte ich auf der Stelle kehrtgemacht und war mit schnellen Schritten zurück zu dem Eingang des Waldweges gegangen, woher ich gekommen gewesen war.

Immer noch hatte ich mich über mich selber geärgert. Wie hatte ich nur so dämlich sein können und das Smartphone untätig in der Hand halten können. Obwohl ich damit gerechnet hatte, eine Wandertaube zu sehen, waren die Überraschung und vor allem der Anblick zu überwältigend gewesen, um dementsprechend zu reagieren. Bestimmt war ich nicht der erste Mensch gewesen, der hier im Wald eine Wandertaube gesehen hatte, aber ich war der

Erste, der sie als solche erkannt hatte. Viele hatten sie für eine ganz gewöhnliche Taube gehalten und sie nicht weiter beachtet. Und das war auch ganz gut so.

Noch immer ganz in Gedanken hatte sich das Ende des Waldweges erreicht gehabt und auf der Bank meine Freundin sitzen sehen. Diese hatte noch immer auf ihrem Smartphone herumgespielt, während ich eine große naturwissenschaftliche Entdeckung gemacht hatte – und sie gleichzeitig buchstäblich wieder davon hatte fliegen lassen. So was konnte ja auch nur mir passieren. Herzlichen Glückwunsch.

Ich hatte Tanja, noch aufgeregt, wie ich gewesen war, von meinem Erlebnis erzählen wollen, als sie mir wortlos den Bildschirm ihres Smartphones entgegen gehalten hatte. Dabei hatte sie mich mit großen Augen angeschaut.

„Meinst du, ich habe jetzt Lust und Laune mir deine neuen Apps anzusehen?", hatte ich in einem verärgerten Tonfall gesagt. Doch dann waren meine Augen genauso groß geworden wie die von Tanja. Denn auf dem Bildschirm war das Bild einer Taube zu sehen gewesen und ich hatte sofort gesehen, dass es das von einer Wandertaube gewesen war. Während ich mich im Wald schwarzärgert hatte, weil ich die Aufnahme

21

vergeigt hatte, hatte Tanja hier vor dem Wald eine Wandertaube fotografiert.

"Das ist ja eine Wandertaube", hatte ich mich wie aus der Ferne sagen hören. Wie gebannt hatte ich auf das Foto angesehen und ich hatte nicht gewusst, wie lange ich meinen Blick darauf gerichtet hatte.

Ja, das war eine Wandertaube. Dieses Foto hatte mir bestätigt, dass ich mit meiner Vermutung recht gehabt hatte und hier im Wald Exemplare dieser angeblich ausgerotteten Spezies leben.

„Bist du bald fertig mit dem Ansehen von deinem Lieblingsvogel? Mir fällt hier gleich der Arm ab", hatte Tanja ironisch gesagt und mir ihr Smartphone gereicht. Wieder hatte ich auf das Bild von der Wandertaube gestarrt, welches eindeutig r ein Männchen gewesen war, vielleicht sogar dasselbe, das ich im Wald gesehen hatte. Ich hatte das Bild an mein Smartphone gesendet und Tanja ihres wieder zurück gereicht.

"Und was machen wir nun, du großer Entdecker?", hatte Tanja mit einem ironischen Unterton gefragt. "Willst du zu einem Zeitungsverlag gehen oder dir das Bild ausdrucken und zu Hause an die Wand hängen? Vielleicht willst du noch einen Altar darum bauen."

„Tanja weißt du eigentlich, was wir da eben entdeckt haben? Die Wandertaube gilt als unwiederbringlich ausgerottet. Das ist so, als hätten wir hier einen Säbelzahntiger oder einen Dino entdeckt." Doch so richtig hatte ich Tanja nicht von dieser Entdeckung begeistern können. Zu lange war ich ihr mit meinem Wandertauben-Tick zu Hause auf die Nerven gegangen.

"Mit einem guten Bildbearbeitungsprogramm würde ich genauso ein Bild hinbekommen", hatte Tanja mit einem Grinsen im Gesicht gesagt. "Man nehme ein schönes Bild von einem Waldweg wie hier, schneide mit der digitalen Schere ein Bild von einer ausgestopften Wandertaube haargenau aus und platziere es in das Foto mit dem Waldweg. Fertig ist die Weltsensation. Glaube mir Felix, wenn du einem Zeitungsverlag dieses Bild hier zeigen würdest, würden sie dich für einen riesengroßen Spinner halten. Die würden dich für so einen Betrüger und Fälscher halten, dass sie sich nicht einmal die Mühe machen würden das Foto zu überprüfen. Dann wäre von denen ein Tritt in deinen Allerwertesten noch harmlos."

„Lass uns erst einmal nach Hause fahren", hatte ich vorgeschlagen und mein Fahrrad bestiegen.

Doch Tanja war auf der Bank sitzen geblieben und hatte mir gesagt, dass sie später nachkommen wolle.

Also hatten wir uns einen Kuss gegeben und uns verabschiedet.

Der Weg nach Hause war für mich ein Weg gewesen, welcher voller Gedanken über das gewesen war, was ich gesehen hatte. Was sollte ich nur tun? Soll ich das Bild wieder löschen und alles vergessen?

Da ich auf den Verkehr hatte aufpassen müssen beschloss ich meine weiteren Gedanken über die Wandertaube auf zu Hause zu verschieben.

Als ich zuhause angekommen gewesen war und mich aufs Sofa niedergelassen hatte, hatte ich natürlich sofort mein Smartphone in die Hand genommen und mir das Bild der Wandertaube noch einmal angesehen.

Auch hatte ich mit dem Gedanken gespielt das Bild per Mail an mehrere Tageszeitungen zu versenden mit dem Kommentar, dass ich Wandertauben entdeckt hätte. Doch dann hatte ich an das gedacht, was Tanja gesagt hatte und womit sie bestimmt nicht unrecht gehabt hatte.

Nach einiger Zeit hatte ich auf die Uhr gesehen und mich darüber gewundert, dass Tanja noch nicht wieder da gewesen war. Ich hatte sie gerade anrufen wollen, als ich draußen ein Fahrrad hatte klappern hören.

Kurz darauf war Tanja in die Wohnung gekommen und hatte sich zu mir aufs Sofa gesetzt. Sie hatte mich angeschaut, als ob sie mir etwas hatte sagen wollen.

Ich hatte nach mehreren Jahren mit ihr den Blick schon gekannt und gewusst, dass etwas im Busch gewesen war, wie man so schön sagt.

"Ich habe eben das Bild der Wandertaube an den Weltkurier gesendet", hatte Tanja mir dann gesenktem Blick gesagt.

Ich hatte nicht glauben können, was ich da gehört hatte. Da hatte ich mir Kopfschmerzen darüber gemacht, ob ich das Bild der Öffentlichkeit preisgeben soll oder nicht. Und meine Freundin hatte es einfach so mit ihrem Smartphone an einer der größten Tageszeitungen Deutschlands gesendet.

Nachdem ich versucht hatte nicht laut zu werden, war ich vom Sofa aufgestanden und im Wohnzimmer umher gegangen. Denn ich liebe Tanja zu sehr und ich möchte mich nicht mit ihr streiten.

Vielleicht waren wir nicht die ersten Menschen gewesen, welche die Wandertauben entdeckt und sie fotografiert hatten. Diese Menschen hatten sich vielleicht in derselben Situation wie Tanja und ich befunden. Sie hatten sich auch genauso wie wir überlegen müssen, ob sie es der Öffentlichkeit preisgeben sollten oder nicht.

Ich hatte mich an den Computer gesetzt und war ins Internet gegangen.

Tanja hatte sich neben mich gesetzt und verwundert zugeschaut, wonach ich gesucht hatte. Unter den Suchbegriffen: "Wandertaube in Deutschland fotografiert" und "Wandertaube in Deutschland gesichtet", war ich überraschenderweise fündig geworden. Es waren Berichte über angebliche Sichtungen von Wandertauben in deutschen Wäldern gefolgt und auch zwei Fotos von Tauben, die wie Wandertauben ausgesehen hatten. Dabei hatte wörtlich geschrieben gestanden, dass „ *irgendwelche Witzbolde mit einigen Fotomanipulationen Bilder von der ausgestorbenen Wandertaube gemacht hätten. Sie hätten behauptet, diese Bilder vor Kurzen in einem Wald in Nordrhein-Westfalen gemacht zu haben. Dieser Scherz ist ihnen gut gelungen.*"

"So etwas in der Art wird der Weltkurier auch bei unserem Foto schreiben, wenn er es denn überhaupt ernsthaft zur Kenntnis nehmen wird", hatte ich seufzend zu Tanja gesagt.

Diese hatte leise aufgeatmet, weil sie jetzt gewusst hatte, dass ich ihr nicht böse gewesen war.

 Anschließend hatten wir beide beschlossen die Sache ruhen zu lassen und wir hatten gehofft, dass die Redakteure des Weltkuriers unser Foto als einen Scherz ansahen würden.

Als wir beide im Bett gelegen hatten, hatte ich das Versenden des Fotos bald vergessen gehabt, aber nicht die Wandertaube. Kurz darauf war sie durch meine Träume geschwebt.

Kapitel 3 – Die Augen der Wandertaube

Ich hatte erstaunlicherweise sehr gut geschlafen, was mich selber wunderte, weil ich ja gestern ein aufregendes Erlebnis gehabt hatte.

Als Tanja und ich beim Frühstück gesessen hatten, hatte ich mit meinem Smartphone das Bild der Wandertaube per Mail an meinem Computer gesendet, um es zu sichern. Später wollte ich es dann ausdrucken und auch auf CD speichern.

Ich hatte nicht mehr daran geglaubt, dass die Redakteure des Weltkuriers das Foto der Wandertaube ernst nehmen würden.

Auch Tanja hatte inzwischen eingesehen, dass es besser gewesen wäre, die Öffentlichkeit weiter glauben zu lassen die Wandertaube sei ausgerottet worden.

Ausgestorbene Wandertauben hier in einem Wald in Deutschland. Wer glaubt schon ein solches Hirngespinst? Allenfalls hatte ich damit gerechnet, dass unser Bild beim Weltkurier höchstens zur allgemeinen Erheiterung in der Redaktion beitragen wird, denn wer weiß, was die alles täglich gemailt bekommen. Genauso hätte ich ein Bild von einen angeblichem UFO oder vom Monster von Loch Ness dem Weltkurier senden können.

Als ich jedoch später unsere Tageszeitung, welche zufälligerweise der Weltkurier war, aus dem Briefkasten genommen hatte, hatte ich irgendwie kein gutes Gefühl dabei gehabt. Ich hatte das Unheil gespürt, welches in der Zeitung gestanden hatte und ich hatte leider recht behalten sollen.

Direkt auf der Titelseite des Weltkuriers war in voller Größe unser gestriges Foto mit der männlichen Wandertaube abgebildet gewesen.

Mir war der Schweiß ausgebrochen. Wie gebannt hatte ich auf das Foto gestarrt und hatte deshalb gar nicht auf das geachtet, was auf dem Flur im Weg gelegen hatte, sodass ich fast über die herumliegenden Schuhe gestolpert wäre. In der Küche hatte ich Tanja wortlos die Zeitung hingelegt und sie hatte ebenfalls geschwiegen.

Als wir beide uns einigermaßen gefasst gehabt hatten, waren wir erst auf die Idee gekommen den Text zum Foto zu lesen.

Über dem Foto hatte groß die Überschrift gestanden:

„Weltsensation: Wandertaube hier in Deutschland entdeckt."

Darunter war dann die mir bekannte Geschichte der Wandertaube gefolgt, wessen Text die

Redakteure sich bestimmt aus dem Internet kopiert hatten. Zu meinem Entsetzen war auch der Name des Waldes genannt worden, wo wir die Wandertaube fotografiert hatten. Also hatte Tanja wohl einiges zu dem Foto geschrieben, als sie es an den Weltkurier gesendet hatte.

Aber es war jetzt zu spät gewesen, um ihr deswegen Vorwürfe zu machen.

Nachdem wir uns den Text mehrere Male durchgelesen hatten, hatten wir beschlossen erst einmal nichts zu unternehmen und abzuwarten, wie sich die ganze Sache entwickeln würde. Vielleicht hatte der Weltkurier nur eine Schlagzeile gesucht, um die Verkaufszahlen steigern zu können.

Doch kaum hatte ich die Zeitung beiseitegelegt gehabt, als Tanjas Smartphone akustisch eine Mail angekündigt hatte. Obwohl uns das Geräusch natürlich vertraut gewesen war, waren wir trotzdem beide zusammengezuckt.

„Es ist eine Mail vom Weltkurier", hatte Tanja gesagt. "Sie wollen mit uns ein Interview machen. Bei, dem was wir beiden alles besprochen haben, werden wir dies sicher ablehnen, nicht wahr Felix?"

„Richtig Tanja ", hatte ich entschlossen geantwortet. „Wir werden keinen Kommentar abgeben und auch niemanden von diesen Schreibtischtätern ins Haus lassen. Außerdem ist mir das jetzt in meinem Urlaub zu stressig."

Der letzte Satz war natürlich ironisch gemeint gewesen und ich hatte Tanja dabei angelächelt. Trotzdem hatte mich weiter ein ungutes Gefühl beschlichen. Vielleicht hatten wir einen Stein ins Rollen gebracht, den wir nicht mehr würden aufhalten können. Ich möchte nicht der Mensch sein, der die Wandertaube ein zweites Mal ausrotten wird.

150 Jahre hat sie hier in diesem Wald überlebt und bestimmt wird man sich jetzt auch in anderen deutschen Wäldern und in Europa die Tauben näher ansehen. Wer weiß, wie viel Wandertauben hier in Europa leben.

Kurz entschlossen hatte ich mich auf dem Weg zum Wald gemacht, um noch einmal nach den Wandertauben zu suchen.

Tanja hatte nicht mitkommen wollen und ich hatte gehofft, dass sie keinen Unsinn während meiner Abwesenheit machte. Denn das Versenden ihres Fotos der Wandertaube an den Weltkurier begann jetzt gegen jegliche Erwartung außer Kontrolle zu geraten.

Ich hatte unterwegs Herzklopfen gehabt, weil ich befürchtet hatte Fotoreporter im Wald zu sehen, oder schlimmer noch, Jäger.

Als ich am Wald angekommen gewesen war, hatte ich mein Fahrrad ins Gras geworfen und war in den Wald hinein geeilt.

So hatte ich mir meinen Sommerurlaub eigentlich nicht vorgestellt gehabt. Anstatt im Garten zu sitzen mit einem Buch in der Hand, war ich hier durch den Wald gerannt und hatte nach den Wandertauben, die man normalerweise nur noch in den Geschichtsbüchern findet, gesucht. Wenn mich meine Kollegen in zwei Wochen fragen werden, wie mein Urlaub gewesen war, werde ich mit Recht sagen können, das er sehr aufregend gewesen war.

Ich hatte nach allen Seiten geschaut aber es war wie im richtigen Leben gewesen. Denn dort gilt ja auch: „Wenn man nach etwas intensiv sucht, findet man es nicht."

Ich hatte mich auf einem Baumstamm niedergesetzt und hatte in die Baumwipfel hochgeschaut. Nur schwach hatte die Sonne durch die dichte Blätterdecke geschienen und ich hatte den Gesang der Vögel vernommen.

Und auf einmal schien sich die gestrige Geschichte zu wiederholen.

Denn plötzlich hatte ich gespürt, dass etwas neben mir auf dem Baumstamm gesessen hatte und ich hatte langsam zur Seite gesehen. Dann hatte ich kaum zu atmen gewagt, denn eine Wandertaube war direkt neben mir auf dem Baumstamm gelandet. Nach der braunen Iris und der matteren Färbung zu urteilen, war es diesmal ein Weibchen gewesen. Es hatte den Anschein gehabt, als wäre die Wandertaube diesmal zu mir gekommen.

Sie hatte Blickkontakt zu mir gesucht und ich hatte ihr direkt in die Augen gesehen. Ihr Blick war so tief und eindringlich gewesen, dass ich geglaubt hatte, bis in ihre Seele blicken zu können. Auch bei Tieren kann man durch die Augen in die Seele sehen.

Ich weiß, nicht mehr wie lange die Wandertaube und ich uns in die Augen gesehen hatten, aber ich hatte gefühlt, dass ihr bewusst gewesen war, was sie da gemacht hatte. Schließlich war das Weibchen wieder davongeflogen und ich hatte ihr so lange nachgeschaut, bis ich sie nicht mehr hatte sehen können.

Und jetzt hatte ich auch gewusst, was die Wandertaube mir hatte sagen wollen und was ich zu tun gehabt hatte.

Mir war sofort klar gewesen, dass ich den Zeitungsartikel nicht mehr hatte rückgängig machen können. Auch der Zeitung weismachen zu wollen, dass das Foto eine Fälschung gewesen war, wäre keine gute Idee gewesen. Denn dann würden wir von denen eine Anzeige, wegen was auch immer bekommen.

Aber irgendwas müssen wir doch tun können, um die hier lebenden Wandertauben zu schützen.

Während ich weiter darüber nachgedacht hatte, hatte mein Smartphone geklingelt und Tanja hatte sich gemeldet.

"Hör mal Felix, ich habe hier auf der Internetseite des Weltkuriers Kommentare von Lesern über das Foto und den Artikel gelesen. Die Leser fragen alle, ob man sie auf den Arm nehmen will, mit welchem Bildbearbeitungsprogramm das Foto gemacht worden ist und manche werfen der Zeitung unschöne Wörter an den Kopf. Betrügerbande, Märchenerzähler und Lügenbolde sind da noch das Harmloseste. Ich glaube, die Geschichte wird bald von selbst im Sande verlaufen. Hoffentlich werden wir mit der Zeitung keinen Ärger bekommen und sie werden uns nicht auf Schadensersatz verklagen. Denn in diesem Fall wird dein ganzes Urlaubsgeld weg sein."

Ich hatte mir Tanjas Grinsen bei dem letzten Satz bildlich vorstellen können. „Mit meinem Urlaubsgeld würde ich da bestimmt nicht mit auskommen, da würde ich noch unser Haus und Garten verkaufen müssen", hatte ich belustigend gesagt.

Doch Tanja hatte das gar nicht so witzig gefunden, denn sie hatte hinzugefügt, dass es ziemlich viele böse Kommentare gewesen waren. „Mach dir keine Sorgen, verantwortlich dafür ist immer der Chefredakteur, der die geschriebenen Artikel der ihm unterstellten Redakteure prüfen muss. Ohne seine Zustimmung wird ein Artikel nicht veröffentlicht. Was glaubst du, was ein Redakteur täglich auf seinen Schreibtisch bekommt. Außerdem hat diese Zeitung schon einige unfreiwillige Falschmeldungen hinter sich, sodass sie diese Meldung auch ohne einen Imageschaden überstehen wird. Obwohl dies ja keine Falschmeldung ist. Sie soll aber nach unserem Willen eine bleiben."

„Da magst du ja recht haben", hatte Tanja trocken begegnet."Aber dieser Chefredakteur musste doch selber an die Geschichte von den Wandertauben glauben. Würde er es denn sonst riskieren den guten Ruf des Weltkuriers aufs Spiel zu setzen. „ Während Tanja noch geredet hatte, hatte ich bemerkt, wie mir ein Mann entgegengekommen war, der eine Kamera in der Hand gehalten hatte und verdächtig in alle Richtungen geblickt hatte.

Ich hatte das Gespräch beendet, hatte das Smartphone eingesteckt und der Mann war nähergekommen. Von der Seite her hatte ich etwas erkennen können, was mir gar nicht gefallen hatte. Er hatte in der anderen Hand unser Foto der Wandertaube gehalten und war demnach offenbar danach auf der Suche gewesen.

Na toll, hatte ich gedacht. Jetzt haben wir den Salat.

Plötzlich hatte mich der Mann kurz begrüßt und hatte mich danach gefragt: „Haben sie zufällig so eine gefärbte Taube gesehen?" Dabei hatte er mir das Foto gezeigt, das ich ja nur zu gut gekannt hatte.

Ich hatte so getan, als wäre ich aus Dummsdorf und hatte gesagt: „Nein, tut mir leid. So eine seltsame Taube habe ich hier noch nie gesehen."

„Diese Taube werden weder Sie noch ich jemals in ihrem Leben sehen können", hatte der Mann sichtlich genervt entgegnet. „Da bin ich von meinem Vorgesetzter in diesen Wald geschickt worden, um nach einer Wandertaube zu suchen. Und das nur, weil irgendjemand so eine Fotofälschung gesendet hat, die mein Chef noch für wahr gehalten hat."

„Sie meinen das Bild, das heute Morgen im Weltkurier zu sehen gewesen war?", hatte ich weiter gefragt, und dem Mann, der sich als Mitarbeiter vom Weltkurier verraten hatte, weiter Unwissen vorgeheuchelt.

„Ja", hatte der Journalist geantwortet und dabei die Augen verdreht. „Wegen dieses Fotos dieser angeblichen Wandertaube hatten wir heute Morgen haufenweise Beschimpfungen und Beleidigungen im E-Mail Postfach gehabt. Ich vermute, dass die Kollegen mit dem Lesen der Mails immer noch nicht durch sind immer noch nicht durch sind. Darum hat der Chefredakteur ein eigenes Foto von dieser Wandertaube haben wollen, die wahrscheinlich nur eine gewöhnliche Feldtaube sein wird."

Der Journalist hatte mehr geredet, als er womöglich eigentlich gedurft hatte. Er war bestimmt von seinem unfreiwilligen Außeneinsatz so genervt gewesen, dass er alle Vorschriften vergessen hatte. Bestimmt hätte er viel lieber an seinem Schreibtisch mit seiner großen Kaffeetasse gesessen.

Wenn man dem Foto Glauben geschenkt hätte, dann wären der Journalist und ich bestimmt nicht die einzigen Personen an einem Werktag in diesem Wald gewesen. Dann hatte es in diesem Wald nur so gewimmelt von Menschen, die sich alle gegenseitig auf die Füße getreten hätten.

Doch auf einmal hatte mir der Atem gestockt. Denn nur etwa drei Meter hinter dem Rücken des Journalisten hatte ich zwei Wandertauben auf einem Ast sitzen sehen. Das war genau das gewesen, was mir jetzt noch gefehlt hatte. Wenn die beiden Wandertauben jetzt irgendein Geräusch gemacht hätten und der Journalist sie entdeckt hätte, wäre alles aus gewesen.

Jetzt drehe dich ja nicht um, du Büroklammer auf zwei Beinen, hatte ich gedacht und versucht ein normales Gesicht zu machen. Sonst werde ich meinen Urlaub wirklich vergessen können und stattdessen zum Retter der Wandertauben werden müssen.

Denn noch bestand Hoffnung, dass die ganze Geschichte im Sande verlaufen wird und dem Artikel in der Zeitung keine Beachtung geschenkt wird. Und die Chancen dafür standen gut, wenn solche Vollpfosten wie dieser vor mir bei der Zeitung arbeiten.

Der unmotivierte Journalist hatte sich kurz verabschiedet und war dann in Richtung Waldausgang gegangen.

Ich hatte kaum zu atmen gewagt, solange ich noch in Hörweite des Journalisten gewesen war, denn die Wandertauben hatten immer noch auf dem Ast gesessen. Dann hatte ich mich erleichtert auf der nahe stehenden Holzbank niedergelassen und alle viere von mir gestreckt. Ich hatte die Augen geschlossen und mit einer wohltuenden Entspannung die Stimmen des Waldes vernommen.

Als ich die Augen wieder geöffnet hatte, hatten die beiden Wandertauben immer noch auf dem Ast gesessen und schienen mich genau zu beobachten. Als ich so da gesessen hatte, hatte ich mich darüber gewundert, dass diese Tiere noch nicht entdeckt worden waren, denn sie hatten keinerlei Scheu gehabt sich zu zeigen.

Den Grund hatte ich nur darin sehen können, dass die Wandertaube aus dem Gedächtnis der meisten Menschen verschwunden war. Viele Wanderer hatten sie für gewöhnliche Feldtauben gehalten, weil sie noch nie vom traurigen Schicksal der Wandertaube gehört hatten.

Noch lange hatte ich den beiden Wandertauben auf dem Ast zugesehen und ich hatte gefühlt, dass sie mich schon wieder beobachtet hatten.

Wenn ich das nächsten Mal in der Stadt sein werde und die unzähligen Stadttauben sehen werde, dann werde ich immer an die Wandertauben denken. Denn unsere heimischen Tauben haben sich ja nur so vermehrt, weil der Mensch auch die Greifvögel vernichtet hat. Und

Falke, Bussard und Co waren die natürlichen Fressfeinde der Tauben gewesen.

Es waren mehrere Tage gewesen und nichts hatte sich in den Medien oder im Wald im Bezug auf den Zeitungsartikel getan.

Tanja und ich waren zufrieden gewesen. Endlich hatten wir unseren gemeinsamen Urlaub genießen können.

Und wo kann man seine Freizeit besser genießen, als bei einem gemeinsamen Spaziergang durch den sommerlichen Wald.

Und wenn wir dort eine Wandertaube erblickt hatten, dann hatten Tanja und ich uns in die Augen geschaut und uns angelächelt.

Und nur die Wandertauben hatten gewusst warum.

Ende